THE MAID OF THE OAKS,

OU

LA NYMPHE

DES CHÊNES;

DIVERTISSEMENT DRAMATIQUE

EN CINQ ACTES;

Par M. le Général BURGOYNE:

REPRÉSENTÉ pour la première fois sur le Théatre Royal de DRURY-LANE, l'année 1774.

M. DCC. LXXXV.

REMARQUE SUR L'AUTEUR.

C'est le Général *Burgoyne*, connu par ses exploits militaires en Amérique, & par la malheureuse journée de Saratoga, où il commandoit l'armée angloise, qui a composé ce Divertissement dramatique : il a suivi le plan d'une fête champêtre que son neveu Lord *Stanley*, aujourd'hui Comte de Derby, donna en 1774, à sa Terre *des Chênes*, à l'occasion de son mariage avec Lady Betty Hamilton, fille du Duc de ce nom, dont la veuve a épousé en secondes noces le Duc d'Argyle. La singularité d'une fête, nouvelle pour l'Angleterre, excita la curiosité du Public, & donna au Général Burgoyne l'idée d'essayer ses talens dramatiques : il imagina une intrigue, où les décorations, la musique & les ballets pussent être exécutés tels qu'ils l'avoient été chez son neveu : la pièce fut bien accueillie, & elle continue d'être jouée avec le même succès.

A C T E U R S.

M. OLDWORTH.

M. GROVEBY.

SIR HARRY GROVEBY.

M. DUPELEY.

HURRY (1), *Intendant.*

Un PEINTRE.

Un ARCHITECTE.

Un DRUIDE.

LADY BAB LARDOON.

MARIA.

Troupe des BERGERS *& des* BERGERES*, des* JARDINIERS*, des* PEINTRES*, des* CHARPENTIERS*, &c. &c.*

La Scène est à la Campagne, dans la maison de Lord Derby, nommée les Chênes.

---

(1) *Hurry* signifie en françois, hâte, précipitation, empressement.

LA NYMPHE
DES CHÊNES,

OU

LA FÊTE CHAMPÊTRE.

ACTE PREMIER.

Le Théatre représente une Ferme à moitié décorée.

SCENE PREMIERE.

SIR HARRY GROVEBY, M. DUPELEY,
(*Ils entrent sur la Scène par deux côtés opposés.*)
SIR HARRY.

QUEL bonheur, mon cher Charles, de vous voir de retour en Angleterre! L'amitié a donc des ailes comme l'amour? Vous arrivez au moment propice : vous êtes-vous pourvu d'habits de bal?

A 3

DUPELEY.

Quoique votre lettre ne me soit parvenue que le lendemain de mon arrivée à Londres, je me suis cependant préparé à jouer mon rôle, & à seconder vos caprices amoureux : outre le desir de vous embrasser, j'ai celui d'être témoin d'une fête champêtre ; vous savez que le plaisir & la nouveauté m'occupent uniquement, c'est pour eux que j'ai parcouru la moitié de l'Europe, & je ne doute pas qu'ils ne me conduisent un jour dans l'isle d'Otaheïte.

Sir HARRY.

C'est ici qu'il faut chercher le plaisir, vous le trouverez dans le sourire enchanteur de la *Nymphe des Chénes.*

DUPELEY.

A qui prodiguez-vous ce titre pompeux ? Je ne comprends rien à votre fête : auriez-vous par hasard le dessein de représenter le *pastor-fido* dans votre jardin ?

Sir HARRY.

Oui, mon ami, je suis ce *Berger fidèle* qui s'unit aujourd'hui à la plus aimable de toutes les *Bergeres.*

DUPELEY.

Oubliez-vous qu'avec votre fortune, & tous les avantages de votre naissance, il y a de la folie à fléchir à votre âge sous le joug de l'hymen ? Mais nommez-moi cet objet charmant.

Sir HARRY.

C'est la pupille du digne M. Oldworth ; elle est aussi distinguée par son mérite & sa beauté, que l'est son tuteur par la singularité de son caractère : malgré les avantages de sa fortune & de sa naissance, il a préféré la vie paisible de la campagne à l'éclat de la cour. Chéri & respecté de tout ce qui l'environne, il s'y livre aux devoirs de l'hospitalité, qu'il exerce avec une grace infinie. — Mais le voici, jugez-en par vous-même.

SCENE II.

Les *précédens*, M. OLDWORTH.

Sir HARRY.

M. Oldworth, en vous présentant mon ami qui revient de ses voyages, j'ose vous assurer qu'il est digne de toute votre estime.....

OLDWORTH.

Il est votre ami, & cela me suffit. (*à Dupeley.*) —Sir Harry, Monsieur, va s'unir à une jeune personne de qui l'amour à su discerner le mé-rite ; de pareils mariages nous rappellent le siècle d'or ; il a bien voulu me permettre de célébrer cette noce à ma fantaisie, & je suis bien aise d'avoir pour témoin un aussi bon critique que vous.

DUPELEY.

D'après ce que j'ai vu, Monsieur, vous ne devez vous attendre qu'à des applaudissemens.....

SCENE III.

Les précédens, HURRY *entre précipitamment.*

VENEZ, Monsieur, venez; rendez-vous bien vîte au nouveau bâtiment; tous les arts employés pour le construire se tiennent par les cheveux, il y a un tapage épouvantable, on ne s'entend plus, c'est comme la tour de *Babel.* Un maudit charretier a conduit sa charrette chargée de décorations au travers des panniers du vin de Bourgogne, les bouteilles cassées ont inondé vos lys & vos hyacinthes. Un des Cuisiniers, attiré par le bruit, est accouru, il a trébuché sur les toiles qui représentent les nuages, il les a déchirées, & lui & ses poulets sont tombés dans un tonneau rempli de couleurs: tout est sans dessus-dessous; il ne reste plus une rose, & on n'en sauroit avoir à vingt milles à la ronde.

OLDWORTH.

Hé bien, mon cher Hurry, il faudra s'en passer.
— La tête lui tourne, il aura un accès de fièvre
avant la soirée. Tant de faveurs.....

HURRY.

Des *faveurs !* Ah ! Monsieur ! toutes les filles du
village s'en sont emparées dès le point du jour : il
m'en faudra cent aunes de plus ou tout est au diable.
— Seigneur dieu ! il y a tant de choses à faire à la
fois , & si peu de monde pour les exécuter ! la tête
m'en crève.

(Oldworth parle bas avec lui.)

DUPELEY, *rit.*

C'est donc là cet homme si merveilleux ?

Sir HARRY.

Vous n'en avez guère vu de semblable.

DUPELEY.

Son Maître - d'Hôtel fait beaucoup de bruit &
peu de besogne.

(Pendant le précédent couplet , Hurry semble vou
loir engager Oldworth à le suivre.)

HURRY.

Si vous tardez , je vous assure , Monsieur , que

tout est perdu ; il y aura des meurtres : la querelle s'échauffoit lorsque je suis venu vous avertir.

(*Il sort.*)

OLDWORTH.

Excusez-moi, M. Dupeley ; mais nous sommes aujourd'hui un peu en affaires.

DUPELEY.

Ne faites pas attention à moi, Monsieur....

OLDWORTH, *fait quelques pas & revient.*

J'oubliois de vous dire , Sir Harry, que Lady Bab Lardoon est dans le voisinage, & qu'elle ne tardera pas à se rendre ici , elle m'a même promis de devancer la compagnie.

DUPELEY.

Quelle est cette dame ?

Sir HARRY.

C'est un phénix ; vous n'avez pas vu de curiosité pareille dans tous vos voyages ; c'est un modèle de ce que nous appellons si mal-à-propos *une petite maîtresse ;* elle en a tous les ridicules, & se pique d'être la plus déterminée joueuse du Royaume.

OLDWORTH.

Ces défauts tiennent plus à son éducation qu'à son cœur.... (*En voyant Hurry.*) Parbleu, cet homme ne me laisse pas respirer.....

HURRY.

Respirer ! Il y a quinze jours que je ne dors ni ne mange.... Allons, allons, Monsieur, dépéchez-vous ; votre présence est nécessaire, sinon, adieu la fête champêtre. (*Il sort avec Oldworth.*)

DUPELEY.

Les plaisants originaux ! — Comment vous êtes-vous lié avec ce campagnard ?

Sir HARRY

..Le hasard a produit cette liaison. Je suis venu dans cette province, j'y ai vu sa pupille, je l'ai aimée, & je l'eusse épousée sur-le-champ, mais son tuteur s'y est opposé ; il voulut que j'essuie six mois de noviciat pour éprouver mes sentimens : ah, mon cher ami ! ces six mois m'ont paru autant de siècles.

DUPELEY.

A la bonne heure ; mais, moi, j'aurois succombé à cette rude épreuve.

Sir HARRY.

Mon cœur conserve encore sa première sensibilité ; vous autres voyageurs, vous perdez en changeant d'objets cette fidélité qui nous distingue.

DUPELEY.

J'en ai recueilli un très-grand avantage, mon ami;

j'ai appris à connoître les femmes, & ne suis plus la dupe de leurs artifices.

Sir HARRY.

Sur quels principes fondez-vous cette intéressante découverte?

DUPELEY.

Sur ce principe général, que toutes les femmes se ressemblent....

Sir HARRY.

Veuillez excepter du moins ma chère Maria....

DUPELEY.

Elle ne vaut pas mieux que les autres : jugez la sans partialité, & vous verrez que j'ai raison.

Sir HARRY.

J'en doute, mon ami....

DUPELEY.

Soit. —— Mais quelle opinion votre oncle a-t-il de ce mariage?

Sir HARRY.

Je ne l'ai pas consulté : je savois d'avance sa réponse....

DUPELEY.

Il ne pourroit qu'approuver une passion *aussi céleste....*

Sir HARRY.

Il est vif, mais il s'appaise facilement ; quelques phrases dramatiques lui font oublier la plus grande offense : en tout cas, s'il me déshérite pour cet hymen, je vous promets de n'en pas avoir le moindre regret.

DUPELEY.

Avez-vous eu soin de vous faire inscrire au bureau des *Divorces* ? Vous pourrez en avoir besoin cet hiver ; en cas d'accident, il est nécessaire de se pourvoir d'une retraite honorable.

Sir HARRY.

Trève à vos plaisanteries : vous autres gens du monde, vous sacrifiez l'amour & l'amitié au plaisir de dire un bon mot.

SCENE IV.

Les précédens, HURRY.

HURRY, *à Sir Harry.*

JE me tue à vous chercher, Sir Harry ; tout est prêt, excepté vous : — Madame Maria s'est déja rendue au bocage ; elle est parée comme une Princesse ; elle est belle comme..... comme la Reine un jour de dimanche.

Sir HARRY.

Voici l'heureux moment ! — Adieu : montrez au domestique de Monsieur l'endroit où son maître doit s'habiller.   (*Il sort.*)

DUPELEY.

Soyez tranquille , mon cher *Coridon* , on ne m'attendra pas. — (*à Hurry.*) Voyons auparavant les préparatifs de la fête. (*Il s'approche d'un côté de la Scène.*) Que fait-on là ?

HURRY. (1)

Prenez garde , Monsieur ; mon maître a défendu qu'on regarde de ce côté-ci , on y prépare les *devises* & les *figures*.

DUPELEY.

A quoi s'occupe là-bas votre maître ?

HURRY.

Ce qu'il y fait ? Si vous me promettez d'être discret , comme il est vrai que vous êtes Gentil-

-----

(1) Pendant toute cette scène , Hurry est dans un mouvement continuel.

homme, je vous le dirai (*Il regarde de tous côtés.*)
—— Personne ne nous écoute, j'espère ? —— Mon
maître fera luire le soleil à minuit, & dans la
crainte que la pluie ne gâte les rayons, il les fait
couvrir d'un millier d'aunes de toile. Ah ! mon
dieu ! Monsieur, si vous saviez comme nous sommes surchargés d'affaires. —— Venez par ici, Monsieur.....

DUPELEY.

Non, non, reposez-vous un moment....

HURRY.

Me reposer ! Qui, moi, me reposer ? —— Si je
m'arrête un instant seulement, tout est perdu, &
voyez la belle figure que nous ferions ce soir.

DUPELEY.

Vous me paroissez être l'ordonnateur de cette
fête, M. Hurry.

HURRY.

Je vous en réponds, Monsieur. —— Je ne crois
pas qu'on me prenne pour un imbécille. —— Qu'en
pensez-vous, Monsieur ?

DUPELEY.

Moi, Monsieur, il faudroit avoir perdu l'esprit
pour cela : mais raisonnons un moment.....

HURRY.

A demain....

DUPELEY.

Non, non, dites-moi, je vous prie, qui est cette Nymphe des *Chênes* ? quelle est sa naissance?

HURRY.

Oh ! dame ! c'est une jeune demoiselle, & voilà tout....

DUPELEY, *en souriant.*

J'entends : vous êtes un bon courtisan, mon ami....

HURRY.

Qui ? moi, que je la court'se ? Le ciel m'en préserve. — Elle va se marier, Monsieur.

DUPELEY.

Je le sais ; si vous ne voulez pas m'instruire de sa naissance, du moins apprenez-moi quelques particularités sur sa personne.....

HURRY.

C'est la plus agréable, la plus belle, la plus aimable, la plus gracieuse, la plus intéressante femme de toute la terre : on ne peut en dire assez, Monsieur.....

DUPELEY.

DUPELEY.

Qui étoit son père ?

HURRY.

Elle n'a pas besoin d'en avoir, Monsieur....

DUPELEY.

Sans doute, M. Oldworth lui tient lieu de tout, n'est-ce pas ? Mais à sa mort....

HURRY.

Allez, Monsieur, tout le monde alors briguera l'avantage de l'avoir pour fille, & tous les hommes voudroient être son époux. — Si vous avez d'autres questions à me faire, j'y répondrai dans un autre moment, car on m'attend par ici, par-là, & par-tout.   (*Il sort.*)

DUPELEY.

Le sot animal ! quoiqu'il soit le plus simple des *Bergers* de ces innocentes *régions*, il a néanmoins ses ruses tout comme un autre. Allons, il est temps de nous préparer pour la Fête.

(*Il sort.*)

B

SCENE V.

Le Théatre représente le Frontispice d'un Bâtiment nouvellement construit. Des Ouvriers de tout genre, traversent successivement la scène.

L'Architecte, *parlant vers les coulisses.*

Dépêchez-vous, mes enfans : dressez les échafaudages, attachez les festons aux colonnes, & dès que midi sonnera, vous aurez le temps de boire à votre aise.

Premier JARDINIER.

Où vas-tu donc avec ces fleurs?

Second JARDINIER.

Il en faut pour orner les arcades : s'il en manque ailleurs, on en mettra en papier. La lumière couvre tout.

Premier ECLAIREUR des lampes,
accourant précipitamment.

Il nous faut encore une centaine de lampions pour éclairer le portique....

Second ECLAIREUR.

Qu'on y mette des chandelles ; j'ai besoin de mes lampions pour le nuage dans le sallon.

UN PEINTRE *Irlandois.*

Mort de ma vie ! que venez-vous de dire de ma téte , Monsieur ?....

Second ECLAIREUR.

Qu'elle est trop noire.....

LE PEINTRE, *en lui barbouillant le visage.*

Tiens , cela l'éclairera.... Retires-toi , ou je te barbouille comme un léopard....

L'ARCHITECTE, *en revenant.*

La paix , la paix , mes amis : on n'a guère le temps de se quereller. (*Au Peintre.*) — Votre serviteur , M. *O'daub :* vous avez parfaitement réussi dans la partie des ornemens ; ils sont admirables ; notre premier Peintre ne les eût pas mieux exécutés.

LE PEINTRE.

Ce que j'en dis n'est pas pour me faire valoir , Monsieur ; mais je peignois l'histoire avant qu'il fût *né* , quoiqu'il soit plus *vieux* que moi.

L'ARCHITECTE.

Quoi ! vous peignez l'histoire ?

LE PEINTRE.

Toutes les nations de l'Europe sont témoins de mes talens : j'ai fait un théatre portatif qui représentoit le Temple de Jérusalem ; le Suisse pour

B 2

qui je l'ai peint portoit tout l'édifice sur son dos ; & quoiqu'il le montrât à un sol par tête, ce chef-d'œuvre néanmoins a fait sa fortune.

L'Architecte, *ironiquement.*

Je suis bien fâché de n'avoir pas connu plutôt votre mérite, je vous aurois employé avec plus de distinction.

Le Peintre.

Vous auriez bien fait : un seul trait de mon pinceau eût éclipsé l'étoile de M. de Lauterburgh. — Ah ! Monsieur ! si vous aviez vu l'enseigne que j'ai peint à Dublin, pour un marchand de drap, c'étoit le coucher du soleil ; — le diable m'emporte s'il n'effaçoit pas *l'aurore du guide*....

Premier Charpentier, *accourant.*

Monsieur, Monsieur, tout est fini ; nous avons besoin de nous rafraîchir.

L'Architecte.

Attendez jusqu'à ce soir, vous nagerez dans le vin....

Le Peintre.

En attendant, divertissons-nous ; je vous composerai une chanson.

L'Architecte.

Êtes-vous Poëte, M. O'daub?

LE PEINTRE.

Je suis aussi bon rimeur que fameux peintre ;
ce n'est que la différence du pinceau à la plume.
Si vous n'êtes pas content, mocquez-vous de ma
muse.

L'ARCHITECTE.

Allons, voyons, écoutons sa chanson.

(Tous les Ouvriers se réunissent sur la Scène.)

CHANSON chantée par le Peintre , sur un air
Irlandois.

« Travailler pour une fête champêtre n'est
» qu'un jeu, elle produit autant de plaisir que de
» profit ; ainsi, mes chers amis, célébrons ensemble
» une fête champêtre.

Second couplet.

» Vous pouvez en juger par ce que vous voyez
» maintenant, Dieu bénisse le Roi, cette fête est
» digne de lui. Les Lords, les Comtes, les Mar-
» quis & les fainéans accourent en foule pour la
» voir. Ainsi, mes chers amis, &c.

(On répète la fin de chaque couplet.)

Troisième couplet.

» Nos talens brilleront à l'éclat des flambeaux ;
» mais il faut que la nuit soit sombre & obscure :

» la lune & les étoiles en crèveront de dépit, &
» iront se coucher bien vîte. Ainsi, mes chers
» amis, &c.

Quatrième couplet.

» Quand tout le monde sera rassemblé, vous
» verrez un beau tapage ; des masques vêtus en
» Russes, en Prussiens, en Turcs, en Hollandois,
» viendront étaler leur parure ; ils seront si beaux
» qu'ils ne sauront que dire. Ainsi, mes chers
» amis, &c.

Cinquième couplet.

» Buvons à la santé du maître du château, ban-
» nissons les critiques loin de ces lieux : s'ils s'avi-
» sent de troubler la fête, un petit coup de mon
» pinceau les forcera bientôt au silence. Ainsi,
» mes chers amis, &c.

(Ils se retirent en chantant.)

Fin du premier Acte.

ACTE II.

Le Théatre représente un bocage formé par des Chênes.

SCENE PREMIERE.

MARIA, *assise sous un arbre.*

ARIETTE.

« HABITANS de ce bocage, rassemblez-vous
» à l'ombre de ces arbres chéris ; tout y porte
» l'empreinte de mon amant; les écorces de ces chê-
» nes sont les tablettes où l'amour a tracé son nom
» & le mien. Nonchalamment couché sur l'herbette
» naissante, il me parloit de sa tendresse, je l'é-
» coutois en rougissant ; le chant du rossignol,
» suppléoit à mon silence, la crainte d'un enga-
» gement portoit l'effroi dans mon cœur.
   » Habitans de ce bocage.... *Da capo.*

SCENE II.

MARIA, OLDWORTH.

OLDWORTH.

AH! ma chère Maria ! puissiez-vous être heureuse ! puisse le plaisir présider à votre hymen !

& vous accompagner à l'autel ! Venez, ma chère enfant ! (*Il l'embrasse.*) Vous reste-t-il quelque desir que je puisse satisfaire ?....

M A R I A.

Vos bienfaits ont toujours prévenu mes desirs..... mais, hélas !... au milieu des plaisirs mon cœur est en proie au chagrin.

O L D W O R T H.

Qu'entends-je !

M A R I A.

Ah ! le plus généreux des hommes ! Pourquoi me cacher si long-temps ma naissance ? Aurois-je à rougir de mes parens ? Vous sauriez, Monsieur....

O L D W O R T H.

Vous en serez instruite ce soir. — La fête de ce jour n'est pas destinée au plaisir des yeux seulement, c'est aussi la fête des cœurs sensibles. Croyez-moi, ma chère Maria, cet hymen doit dévoiler plus d'un mystère ; mais j'apperçois Lady Bab....

SCENE III.

Les précédens, LADY BAB.

Lady BAB, *à Maria.*

QUE je suis ravie, ma chère, d'être la première à vous féliciter sur votre hymen. — Savez-vous, M. Oldworth, que l'idée d'une fête champêtre me transporte de plaisir ; sa nouveauté, son élégance, son *air françois*, ce je ne sais quoi que tout le monde sent & que personne ne peut expliquer, me fait tourner la tête. — D'ailleurs, je trouve qu'il est assez plaisant de faire d'énormes dépenses qu'un quart-d'heure de pluie peut rendre inutiles.

OLDWORTH.

J'étois sûr de ne pas échapper à vos sarcasmes...

Lady BAB.

Tout le monde vous imitera ; & pour voir des fêtes champêtres à Noël, il suffit que ce soit la mode.

MARIA.

C'est donc la devise des femmes de bon ton, de préférer la singularité à la nature ?

Lady BAB.

Ce goût n'est pas général, mais il est plus répandu qu'on ne pense : il est plusieurs circonstances où la mode l'emporte sur l'inclination ; s'il en étoit autrement, la galanterie seroit bientôt bannie de l'Angleterre : le desir de se faire une réputation s'oppose souvent à la raison.

OLDWORTH.

Je ne vous comprends pas, Madame.

Lady BAB.

Aucune femme n'ose aujourd'hui se montrer dans le monde sans y afficher un attachement ; elle y seroit aussi maussade qu'une femme sans poudre. —— Si elle conserve au fond du cœur les anciens préjugés, il faut du moins qu'elle affecte de les mépriser au dehors.

OLDWORTH.

Vous m'étonnez, Madame.

Lady BAB.

On ne parle plus morale qu'avec son perroquet.

MARIA.

J'avois toujours pensé que la décence avoit droit au respect.

Lady BAB.

Cela est bon à la campagne ou aux *Chénes.* Je vous demande pardon, M. Oldworth ; mais avec de pareils principes, vous auriez à Londres tout le temps de fréquenter la maison de la vieille Lady *Cypher*, d'y faire un *Whist* avec ses antiques amis, & d'entendre, au sortir des spectacles, nos petits-maîtres, en frédonnant un air d'opéra, déplorer l'aveuglement d'une si *belle dame.*

M A R I A, *en souriant.*

Je vois que je resterai toujours aux *Chênes*, car je ne parviendrai jamais à me rendre digne du séjour de la capitale : la politesse....

Lady B A B.

Ah ! ma chère amie, quelle expression ! elle n'est plus d'usage que parmi les marchands : les gens du monde ont substitué au mot *politesse* celui de *familiarité* ; c'est elle aujourd'hui qui est l'ame de la bonne compagnie. —— Étoit-ce de même dans votre jeunesse, M. Oldworth ?

O L D W O R T H.

Une noble aisance distinguoit alors les gens bien nés....

Lady B A B.

Elle fut toujours le partage des François, mais nous avons surpassez nos aimables modèles.... Nous avons secoué le joug de la gêne, & nous nous sommes arrogé les droits qu'avoient autrefois les maris : nous sommes, à leur exemple, enthousiastes de la *liberté*, & pour mieux en jouir, nous n'avons conservé de notre sexe que le goût de la dépense & des plaisirs.

MARIA.

Une telle réforme doit exciter la malignité du public.

Lady BAB.

On nous accable de traits satyriques ; mais vous n'ignorez pas, ma chère, qu'on ne parvient jamais à rien de considérable, si l'on ne sait se mettre au-dessous des clameurs du vulgaire.

OLDWORTH.

Ce nouvel usage entraînera de grands abus ; la fortune en pâtira....

Lady BAB.

Bagatelle. — Nous jouons, & le plus souvent nous gagnons. L'institution des *clubs* est l'établissement le plus sage qu'on ait fait dans l'état, surtout pour les gens mariés.

OLDWORTH.

Comment cela ?

Lady BAB.

On n'a plus besoin d'entrer dans des détails ennuyeux d'un ménage. On donne à ses gens leur argent à dépenser, on vit au hasard, & les femmes se mêlent davantage avec les hommes.

M A R I A.

La délicatesse doit en souffrir....

Lady B A B.

Ah ciel ! où avez-vous donc été élevée ?

S C E N E   I V.

Les précédens, S I R H A R R Y G R O V E B Y,

Sir H A R R Y, *à Oldworth.*

J E viens vous chercher, ma charmante future, aux pieds de ces mêmes arbres, témoins de ma tendresse. — « L'heure propice approche, tout le
» monde est rassemblé, & pendant que l'hymen
» allume son flambeau, l'amour jonche de myrthes
» & de roses le chemin qui conduit au temple
» du bonheur ».

O L D W O R T H, *à Sir Harry.*

Cessez ce langage poétique ; Maria connoît votre cœur : faites connoissance avec cette belle étrangère.

Lady B A B.

Je prends part à votre joie, Monsieur. (*A Ma-*

ria.) N'allez pas croire que je blâme votre attachement. Quand on a le bonheur de rencontrer un
objet digne de notre estime, aimer me paroît pré-
férable à tout autre plaisir : *filer le parfait-amour,*
est la première volupté que goûte la jeunesse, &
ce n'est qu'à la campagne qu'on peut s'y livrer :
nous avons, à la vérité, des plaisirs plus piquans
à la ville ; faire enrager son mari, se flatter d'en
être bientôt veuve, ne sont pas le moindre de nos
passe-temps.

Sir HARRY.

Quelle heureuse disposition ! Vous me paroissez,
Madame, d'une humeur charmante.

Lady BAB.

Graces à la fête champêtre : en quittant Londres, j'étois d'une mélancolie affreuse ; vous devez
en avoir vu le sujet dans les journaux.

MARIA.

Quoi ! Madame, les journaux s'occupent de
vous ?

Lady BAB.

Sans doute ; mais vous aurez votre tour....

MARIA.

J'en serois bien fâchée....

Lady Bab.

La fête champêtre fournira trop de matière à Messieurs les Journalistes pour la passer sous silence. — On en fera d'abord un éloge pompeux, le lendemain on s'en moquera, & le sur-lendemain, votre nom, promené avec elle, sera vilipendé : rien de plus amusant que de voir tous ces détails le matin sur toutes les tables à thé, dans la *feuille du jour.*

Maria.

Combien de temps Madame a-t-elle joui de ce plaisir?

Lady Bab.

Ma foi, je ne m'en souviens guère : on a d'abord épargné mon nom, & l'on s'est contenté d'indiquer ma demeure ; mais on s'est familiarisé ensuite, petit à petit, avec mon *mérite*, jusqu'à ce qu'enfin j'ai paru dans tout mon *éclat....*

Oldworth.

Comment, morbleu ! & vous ne vous en êtes pas fâchée ?

Lady Bab.

Point du tout : une femme de mon rang est au-dessus de pareilles misères, sur-tout quand les avis qu'on lui donnent partent d'une telle *congrégation.* (*On entend la musique.*) — Mais écoutons ;

voici sans doute le signal de nos plaisirs : j'espère que dans cette fête arcadienne, quelque *berger* galant voudra bien se charger de moi.

OLDWORTH.

Nous avons réservé cet honneur à un M. Dupeley....

Lady BAB.

Est-ce cet élégant Dupeley, le plus déterminé voyageur des trois Royaumes?

Sir HARRY.

C'est lui-même : peut-être ne vous conviendra-t-il pas ; il n'est encore qu'un petit-maître à demi....

Lady BAB.

Je gagerois qu'il n'en possède encore que les défauts : les manières françoises ne conviennent pas à tous nos Anglois.

Sir HARRY.

Il faut venger votre sexe, dont il a une fort mauvaise opinion.

Lady BAB.

Il aura sans doute puisé ces principes dans ces Lettres posthumes (1) qu'on vient de publier. — Où est-il? Je meurs d'envie de rire un peu à ses dépens.

-----

(1) Lettres de Lord Chesterfield.

Sir HARRY.

Sir HARRY.

Il est allé s'habiller , & va se rendre ici dans l'instant ; nous nous sommes donnez rendez-vous de l'autre côté du bocage.

Lady BAB.

Je vais m'y rendre avant vous : j'emprunterai un maintien modeste , un air innocent ; mon ajustement pour la fête, ajoutera au déguisement de mon caractère..... Vous verrez que je le corrigerai.

Sir HARRY.

Prenez garde, Madame, il est homme à vous en conter.

Lady BAB.

Je ne demande pas mieux ; sous le masque de l'innocence, ou sous celui de l'effronterie, une femme habile se permet bien des choses ; mais le premier convient mieux à notre sexe, n'est-ce pas, Miss Maria ?

Les précédens , HURRY.

HURRY, *entre en courant.*

LES voici, les voici, place! place! — Monsieur, je vous prie de vous ranger de ce côté-ci ; & vous, Madame, ayez la bonté de vous mettre de ce côté-là : il faut donner aux fiancés la meilleure place. —— Vîte, vîte, dépêchez -vous, les voici.

OLDWORTH.

Prenez haleine , & dites-nous qui nous arrive ?

HURRY.

Toutes les plus belles filles & les plus beaux garçons de dix milles à la ronde : ils portent des guirlandes d'une main, des roses dans l'autre ; ils chantent, ils dansent d'un air joyeux, & puis..... & puis....

OLDWORTH.

Pour l'amour du ciel , prenez haleine ! Je me suis bien douté que vous seriez un pauvre maître de cérémonie. —— Etoit-ce le moment de les admettre ? Ils ne devoient paroître qu'à l'instant où toute la compagnie seroit assemblée sur.le gazon devant le château : on étoit convenu qu'ils y danseroient. Ils arrivent une heure trop tôt.

HURRY.

Il étoit impossible de les arrêter....

OLDWORTH.

Je gage qu'ils n'ont pas fait la moindre violence pour entrer....

HURRY.

Ils ont usé d'un stratagême plus dangéreux que

toutes les violences possibles : ces jolies filles me sourioient & me carressoient ; je n'ai fait qu'entr'ouvrir la porte par reconnoissance, & dans l'instant elles sont entrées.

O L D W O R T H.

Nous allons voir arriver bientôt tout le village...

H U R R Y.

Ne craignez rien, Monsieur, nous n'admettons que les plus jeunes....

Sir H A R R Y.

Je les apperçois là-bas....

H U R R Y.

Oui, oui, vous allez voir comme elles vont chanter & danser. (*Une troupe de Bergers & de Bergeres arrivent sur la scène.*)

A R R I E T E *chantée par un* B E R G E R.

« Accourez, Bergers & Bergeres, oubliez soins » & soucis; dansez, chantez, célébrez le Seigneur » de ce village, tout nous invite à partager son » bonheur.

C H Œ U R, *pendant qu'on danse.*

» Accourez, &c. &c.

Une B E R G E R E.

» Accourez, Nymphes des plaines, venez ré- » pandre ici les dons du printemps; jonchez de

C 2

» fleurs tout le bocage, & qu'elles soient foulées
» par nos danses : l'amour préside à la fête, il en
» bannit les soucis, il y appelle les plaisirs : formons
» une chaîne de roses autour de ses aîles légeres,
» & forçons le Dieu volage à vivre parmi nous.

Le C H Œ U R, *pendant qu'on danse.*

» Accourez, Nymphes des plaines, &c.;

D U E T T O.

» Dansez, chantez; soyez joyeux & contens, une
» heure du bel âge vaut un siècle de raison; la jeu-
» nesse est l'aurore de la vie, profitez des plaisirs
» qu'elle vous offre. Ici tout vous invite à la joie;
» l'harmonie, la beauté, l'amour & les plaisirs pré-
» sident à la fête de ce jour.

C H Œ U R.

» Dansons, chantons, soyons joyeux & contens,
» une heure du bel âge vaut un siècle de raison.

(*Ballet général.*)

Fin du second Acte.

ACTE III.

Le Théatre représente la Grille de la cour du Château.

SCENE PREMIERE.

(On entend un grand bruit derriere les coulisses ; quelqu'un crie à haute voix.)

HURRY, GROVEBY, *botté.*

(Il pousse rudement Hurry.)

HURRY.

EN vérité , Monsieur , nous ne pouvons y consentir, nous avons des ordres positifs de refuser l'entrée à tout le monde.

GROVEBY.

Je te le répete, il faut absolument que je parle à Sir Harry Groveby : crois-tu , fâquin , que je viens ici pour voler ton maître ?

HURRY.

Il ne s'agit pas de le voler , Monsieur ; mais à moins d'avoir une carte d'invitation , personne ne lui parle aujourd'hui. Tout le monde voudroit être ici, & nous n'avons pas de place pour tout le monde.

GROVEBY.

Y joue-t-on la Comédie?

HURRY.

Si vous ignorez ce qu'on y fait, je suis obligé de vous prier de revenir demain. — Sir Harry a beaucoup d'affaires aujourd'hui, — & le lendemain on ne reçoit que les gens masqués.

GROVEBY.

Voici ma mascarade, & si elle te déplaît (*en lui montrant son fouet*), je saurai te la faire agréer. — Allons, allons vîte, qu'on m'introduise chez Sir Harry....

HURRY.

Je ne saurois, il va se marier.

GROVEBY, *à part.*

C'est pour l'en empêcher que je viens ici. (*Haut.*) — Je suis son oncle, nigaud; ne faut-il pas que j'assiste à sa noce?

HURRY.

Quoi! vous êtes son oncle, & vous ne m'en dites rien? — Mon dieu! mon dieu! que j'en suis fâché. — Par-ici, s'il vous plaît, Monsieur. — Mais qui diable, en vous voyant dans un tel équipage, vous auroit soupçonné d'être l'oncle d'un Baronnet? Vous avez plutôt l'air d'un contrebandier que d'un gentilhomme. —— Donnez-vous la peine d'entrer dans le bocage, je le trouverai bientôt. —— Je suis fâché de ce mal-entendu, mais j'espere de ne vous avoir pas offensé. — Ma foi, le plus fin s'y seroit trompé, Monsieur.

GROVEBY.

Soit: —— fais ce que je te dis, & je n'y songerai plus.

HURRY, *en sortant.*

Oh! de tout mon cœur. —— Vous venez sans doute pour vous divertir?

GROVEBY, *seul.*

Dis plutôt pour empêcher la ruine de mon neveu. —— J'arrive à propos: si je ne réussis pas, j'aurai du moins la consolation d'avoir fait mon devoir. Quelle folie! quoi! il ne rougit pas d'épouser une fille sans fortune, sans nom, dont on ignore la naissance, & qui pis est, de l'épouser sans mon aveu, sans même daigner me consulter? Eh! bien, qu'il soit la victime d'une ridicule passion; qu'il sacrifie pour elle deux mille livres sterlings de rente, & ma faveur, qu'est-ce que cela me fait: je m'en irai bien vîte à mon château, & je changerai mon testament   (*Il sort.*)

SCENE II.

Le Théatre représente un Boçage.

MARIA.

JE voudrois avoir la force de supporter dignement mon bonheur. — Je suis dans une agitation affreuse; & quoique ce jour soit l'époque de ma félicité, je sens néanmoins une tristesse accablante. —— Qui est cet étranger ? comment l'a-t-on laissé entrer dans ce grand négligé ?

SCENE III.

MARIA, GROVEBY.

GROVEBY.

PARDON, Madame, mon dessein n'est pas de me rendre importun ; j'attends Sir Harry : si je vous gêne je me retire.

MARIA.

Point du tout, Monsieur : a-t-on averti Sir Harry ? Si vous le permettez, j'irai....

GROVEBY.

Je ne le souffrirai pas, Madame ; d'ailleurs, une

espèce de bavard s'en est chargé. (*A part.*) Sa politesse m'enchante.

MARIA, *à part.*

Je serois bien aise de connoître cet étranger.

GROVEBY.

Est-il vrai, Madame, qu'il se fait ici un mariage ?

MARIA.

Oui, Monsieur, & vous devez voir par les ap-
prêts, que c'est un mariage d'éclat.

GROVEBY.

Quelle folie de faire tant de bruit pour un hymen que les époux maudiront avant six mois !

MARIA.

J'espere que non. — Connoissez-vous ceux qui
se marient ?

GROVEBY.

Trop bien pour mon malheur : un des deux est
mon proche parent. — Connoissez-vous la Demoiselle ?

MARIA, *d'un air confus.*

C'est mon amie intime, Monsieur.

GROVEBY.

Puis-je, sans indiscrétion, vous demander quel-

ques détails sur cette personne ? — Mais vous ne
serez pas sincere; l'amitié est indulgente.

MARIA.

Quoique je sois son amie, je l'aime.... j'avoue-
rai néanmoins qu'on la traite trop bien. ... son bonheur est au-dessus de son mérite.....

GROVEBY,

Je pense comme vous, Madame. — En vérité,
votre franchise égale votre beauté. — Vous croyez
donc qu'elle ne mérite pas de faire un aussi bon
mariage?

MARIA.

J'en suis convaincue : quelle femme est digne de
Sir Harry Groveby?

GROVEBY, *à part.*

Quelle aimable candeur! (*Haut.*) Votre jugement
m'étonne : quoi! si jeune & si raisonnable! — Vous
êtes donc d'avis, Madame, que cette alliance ne peut
se contracter décemment?

MARIA, *en hésitant.*

Je ne dis pas cela, Monsieur.....Sir Harry a
promis..... la demoiselle l'aime......

GROVEBY, *ironiquement.*

Il est sûr que les affections de la demoiselle doi-
vent l'emporter sur la fortune du jeune homme, &

sur le bonheur de son vieux parent. —— Dites-moi,
ma belle Dame, que pensez-vous du mystère de sa
naissance ?

M A R I A, *d'un air embarrassé.*

Je vous assure, Monsieur.... que je ne sais.....
comment vous répondre.

G R O V E B Y.

L'amitié vous rend discrete...... mais je vous
devine, Madame.... Je viens ici dans le dessein de
rompre ce mariage.....

M A R I A, *d'un air étonné.*

Est - il possible ?

G R O V E B Y.

Sir Harry est la victime d'une femme rusée,
dont peut-être les artifices surpassent les charmes;
elle a eu soin de cacher sous une apparence d'hon-
nêteté le vil intérêt qui la domine : voilà pourquoi
il m'a fait un mystère de son mariage ; mais je
saurai empêcher mon neveu. ...

M A R I A.

Votre neveu, Monsieur?....

G R O V E B Y.

Oui, Madame, mon neveu: il faut qu'il renonce
à cet hymen, ou qu'il se brouille avec moi....

MARIA.

Considérez, Monsieur, les chagrins qu'éprouvera la pauvre future....

GROVEBY.

Que m'importes! — Je gage qu'elle n'a d'autre beauté que deux beaux yeux & un sourire malin..... Vous gardez le silence, mais je lis dans votre cœur.

MARIA.

Si votre neveu la trouve à son gré....

GROVEBY.

Mon neveu est un jeune fou : ne cherchez pas à l'excuser, vous êtes convenue qu'il avoit tort....

MARIA.

Moi, Monsieur?....

GROVEBY.

Oui, Madame; s'il avoit un grain de bon sens, il se seroit adressé à une femme comme vous : — je sens que j'aurois moi - même un grand penchant à vous aimer. — Ne rougissez pas, Madame, je n'ai jamais senti une plus vive impreſſion en si peu de temps.... c'est-à-dire, lorsque j'avois l'âge de mon neveu.... Ne vous troublez pas, Madame....

MARIA.

Vous m'étonnez, Monsieur.... en faveur de

ces sentimens, permettez-moi de plaider la cause de Sir Harry.

GROVEBY.

Soyez d'accord avec vous-même, Madame; vous l'avez blâmé, & cela me suffit....

SCENE IV.

Les précédens, SIR HARRY *recule quelques pas en voyant son oncle, & paroît consterné.*

MARIA, *à part.*

JE ne puis soutenir cette entrevue.　　(*Elle sort.*)

GROVEBY.

Votre valet très-humble, mon illustre neveu.....

Sir HARRY.

Ah! mon cher'oncle, quel bonheur!

GROVEBY.

Oh! je sais que vous êtes fort content de me voir, sur-tout ici. (*Sir Harry a l'air embarrassé.*) —Vous êtes confus.... embarrassé.... tant mieux, je vois qu'il vous reste encore quelque honte.— Mais il paroît que l'hymen vous a fait oublier votre oncle....

Sir HARRY.

J'ai craint que votre sagesse ne mît obstacle à mon inclination. ... Ah! mon cher oncle! si vous connoissiez l'objet dont j'ai fait choix....

GROVEBY.

A merveille ! — Où est le vieux renard qui vous a entiché de ce digne objet ? Oh! parbleu! je lui dirai un peu vertement ma façon de penser.

Sir HARRY.

Vous auriez tort ; —— M. Oldworth ignoroit que j'avois un oncle ; s'il en eût été instruit, je vous jure , Monsieur, qu'il n'auroit pas accepté mes propositions sans son aveu.

GROVEBY.

Vous êtes la dupe de ses artifices ; mais je n'ai qu'un mot à vous dire : ——renoncez à la future ou à votre oncle,

Sir HARRY.

De grace , mon oncle , avant de me punir , voyez celle que j'épouse.

GROVEBY.

Je viens de voir une femme qui pourroit bien m'engager à vous jouer d'un mauvais tour : un quart d'heure plus tard, je l'épousois moi - même , je la conduisois dans ma terre , où j'aurois eu aussi ma fête champêtre.

Sir **HARRY.**

Vous êtes le maître....

GROVEBY.

D'être aussi fou que vous, n'est-ce pas ? —— L'amie de votre future m'a avoué qu'elle ne mérite pas vos hommages.....

Sir **HARRY.**

Qui est-elle cette amie ?

GROVEBY.

Celle qui sera votre tante, si j'ai un second entretien avec elle....

Sir **HARRY.**

Si elle s'avise de calomnier ma maîtresse, j'oublierai son sexe, &....

GROVEBY.

Si vous avez la hardiesse de lui manquer de respect, je vous traiterai.... oui, morbleu.... j'oublierai que vous êtes mon neveu.

Sir **HARRY.**

Elle vous a trompé, Monsieur : où l'avez-vous vue ?

GROVEBY.

Ici....

Sir **HARRY**

Quand ?

GROVEBY.

Tout-à-l'heure....

Sir H A R R Y.

Seroit-ce celle qui causoit avec vous lorsque je suis entré ?

G R O V E B Y.

C'est elle-même.

Sir H A R R Y.

Ah! mon cher oncle! c'est Maria, c'est celle que j'épouse, c'est la *Nymphe des Chênes.....*

G R O V E B Y.

A d'autres; cela ne se peut pas.... & qui plus est.... cela ne sera pas....

Sir H A R R Y.

C'est la seule femme capable de séduire....

G R O V E B Y.

Si vous l'épousez, vous méritez d'être.... Allons, allons, suivez-moi, Monsieur, conduisez-moi chez elle, —— prenez un autre maintien: allons, allons, conduisez-moi chez elle, vous dis-je.

Sir H A R R Y.

Pour quoi faire ?

G R O V E B Y.

Qu'est-ce que cela vous fait? —— elle vous a séduit, elle ne m'a point épargné, je veux m'en vanger.

Sir H A R R Y.

Sir HARRY.

Ah! mon cher oncle!....

GROVELEY.

Peine inutile! je veux la voir, & vous apprendre à tous deux qui je suis: oui, morbleu, vous l'apprendrez: point de réplique, suivez-moi.

(Ils sortent.)

SCENE V.

Le Théatre représente un Jardin.

LADY BAB, *vêtue en Bergére élégante, traverse la scéne ,* OLDWORTH *la suit.*

OLDWORTH.

LADY BAB! Lady Bab! — voici votre homme, vengez votre sexe, ne manquez pas une si belle occasion de vous amuser.

Lady BAB.

J'en mourrois de dépit; — je me suis vêt e en conséquence. — Est-ce lui que je vois là-bas?

OLDWORTH.

Oui, il nous cherche....

D

Lady B A B.

Vîte ! vîte ! cachez-vous derrière ce buisson ; vous allez voir que j'eusse été une bonne comédienne si le hasard ne m'avoit pas fait naître la fille d'un Lord.

O L D W O R T H.

Quel dommage que Sir Harry ne soit pas témoin de cette scène !...

Lady B A B.

Dépêchez - vous, voici ma dupe.

(Oldworth sort , tandis qu'elle se retire dans un coin de la scène.)

S C E N E   V I.

LADY BAB, *à l'écart*, DUPELEY.

D U P E L E Y.

OU trouver ce Sir Harry ? — c'est ici qu'il m'a donné rendez-vous ; — je le verrai tout-à-coup sortir d'un buisson de roses avec sa belle fiancée, comme une couple de faisans. (*Il apperçoit Lady Bab.*) Mais, que vois - je ! est - ce une Fée, ou une des convives de la fête ? — Son air, quoiqu'un peu gauche, me convient assez. . . . elle a tout-à-fait le maintien d'une *Bergère Arcadienne.*

LADY BAB, *à part.*

Il annonce plus d'assurance qu'il n'en a vérita-blement : — il faut l'encourager à me parler.

(*Elle prend un maintien modeste.*)

DUPELEY, *à part.*

Que de charmes ! il ne lui manque que des gra-ces. . . . mais la nature est au-dessus de l'art. . . . Quelle souplesse ! quelle taille élégante !

(*Pendant que Dupeley observe Lady Bab , elle le regarde , puis examine sa parure , détache son bouquet qu'elle lui présente d'un air modeste.*)

Lady BAB.

Vous paroissez avoir envie de mon bouquet : le voici , Monsieur.

(*Elle fait une révérence d'un air gauche.*)

DUPELEY.

L'aimable innocence ! — Mille remercîmens, mon bel ange, mes desirs ne se bornent pas à ces fleurs : à qui ai-je l'obligation d'une si grande faveur ?

Lady BAB.

Au Jardinier. — Sentez ces roses, elles ont un

parfum délicieux; — mais, vous - même, vous res-
semblez à la plus belle des fleurs.

(*Elle le regarde en souriant.*)

DUPELEY, *à part.*

Quelle différence des airs empruntés de la cour
avec cette aimable innocence! (*haut.*) Ma belle
enfant, je me suis apperçu, au premier coup-d'œil,
que vous étiez une petite merveille de candeur &
de sensibilité.

Lady BAB.

Ah! Seigneur! comment avez - vous pu deviner
tout cela?

DUPELEY.

Par un certain instinct qui ne trompe jamais.
— Mais apprenez-moi, ma chère, qui vous êtes,
& quel est votre état?

Lady BAB.

Je suis nommée pour accompagner la nouvelle
mariée.

DUPELEY.

Fort bien; mais quel est votre fortune? comment
passez - vous votre temps?

Lady BAB.

Je me lève au point du jour, je m'occupe à travailler, je danse les jours des fétes, & mange très-
gaiement un repas très-frugal.

(*Elle le salue d'un air timide.*)

D U P E L E Y, *à demi-bas.*

C'est une villageoise : quel triomphe pour moi, de conquérir le plus bel ornement de la féte ! j'en serai quitte pour une rente viagère.

(*Pendant l'à parte, Lady Bab l'examine attentivement.*

L A D Y   B A B, *avec un sourire malin.*

Mais, vous-même, qui êtes-vous ? Je n'ai jamais rien vu qui vous ressemble.

D U P E L E Y.

Je suis un Gentilhomme, ma chère....

Lady B A B.

Le beau Gentilhomme, vraiment ! ha ! ha ! ha ! ha ! —— Je n'en ai jamais vu d'une tournure si commique. —— Ha ! ha ! ha ! — Sont - ce - là ces beaux objets de qui l'on parle tant ?

D U P E L E Y.

Que trouvez vous de ridicule en moi, pour vous faire rire ?

Lady B A B.

Vous êtes fiers comme des *paons*, bavards comme des *pies*....

D U P E L E Y.

Et amoureux comme des *moineaux*....

D 3

Lady Bab.

Oh ! oui ; je sais que vous êtes fort amoureux de votre chère personne : ha ! ha ! ha ! — vous êtes de véritables oiseaux de proie.

Dupeley.

Mais vous êtes bien satyrique, ma chère ; avez-vous entendu dire autres choses de ces beaux Messieurs dont vous vous moquez ?

Lady Bab.

Sans doute, on les accuse d'épouser les femmes pour leur fortune, d'entretenir des maîtresses pour les montrer, de dépenser leur argent avec des tailleurs, d'engager leur honneur à des fripons & leur bien à des juifs, de parcourir ensuite les pays étrangers pour raccommoder leur figure pâle & blême, & d'en revenir plus ridicules qu'auparavant.

Dupeley, *d'un air étonné.*

Vous me paroissez bien instruite, pour une villageoise.

Lady Bab, *à part.*

J'en ai trop dit.

Dupeley.

De bonne-foi, dites-moi votre nom ?

Lady Bab.

Philis, du vallon des orties.

DUPELEY, *d'un ton soupçonneux.*

Qui vous a si bien élevée ?

Lady BAB.

M. Oldworth : il a soin de toutes les filles du village.

DUPELEY, *à part.*

Peste, le vieux renard !

LADY BAB, *à part.*

Il avale l'hameçon.

DUPELEY, *d'un ton sérieux.*

C'est donc M. Oldworth qui vous inspire des craintes contre nous ?

Lady BAB.

Je ne vous crains pas, moi; vous êtes comme notre chien de basse-cour, il n'attaque point ceux qui le regardent en face : oh ! vous n'êtes pas bien formidable.

DUPELEY.

A merveille, ma belle. (*à part.*) Elle m'en impose; quelle folie ! parlons-lui sans détours. (*haut.*) Quel dommage que tant de charmes végètent dans la retraite ! — Venez vous montrer à Londres; les plaisirs de la capitale sont faits pour vous. — Ma chaise sera prête ce soir, elle nous attendra à la petite porte du parc, nous saisirons, pour partir, le moment où toute la compagnie sera couchée.

LADY BAB, *tendrement.*

Me promettez - vous de m'aimer toujours ?

DUPELEY, *à part.*

J'en serai quitte à bon marché.

Lady BAB.

Vous m'oublierez bientôt, lorsque vous serez avec vos belles dames : il y a une Milady Bab Lardoon....

DUPELEY.

Elle n'est pas faite pour vous inquiéter : j'aimerois tout autant être amoureux de la figure de la dame de pique que de la sienne ; elle n'a d'autre passion que le jeu ; je ne la connois pas, mais je sais qu'elle ne vaut pas la peine d'être aimée : le ciel qui m'a donné un jugement solide pour connoître les artifices de votre sexe, m'a réservé une femme digne de mon cœur, & c'est vous qu'il me destine. Il a mis son sceau sur ses lèvres vermeilles. (*Il veut l'embrasser.*) —— Permettez que je vous remercie pour votre bouquet.

(*Pendant que Lady Bab se débat contre Dupeley, Hurry arrive.*)

SCENE VII.

Les précedens, HURRY.

HURRY.

AH ! Lady Bab, je venois pour vous prier.....

*DUPELEY recule d'un air étonné, & Lady
Bab fait un éclat de rire.*

Lady Bab ! où est-elle?

HURRY.

J'imaginois qu'on ne s'embrassoit qu'après la
noce..... Si je vous interromps....

(Il fait quelques pas.)

DUPELEY.

Restez: que voulez-vous ?

HURRY.

J'apportois un ménage à Lady Bab Lardoon, &
l'on m'avoit chargé d'en rapporter la réponse ; mais
vous l'empêchez de parler.

DUPELEY.

Où est Lady Bab ?

HURRY.

La voici : croyez-vous que parce qu'elle a changé
d'habit, que je ne la reconnois pas? —— Adieu, j'ai
mes affaires tout comme vous avez les vôtres, ainsi
je vous laisse. (*Il sort.*)

DUPELEY.

Ah! Madame! voilà un tour bien perfide!

LADY BAB, *en lui faisant une profonde révérence.*

J'en conviens, Monsieur, & vous remercie de la bonne opinion que vous avez de moi.

SCENE VIII.

Les précédens, SIR HARRY, M. OLDWORTH.

(*Ils entrent en riant.*)

LADY BAB, *à Oldworth.*

PERMETTEZ-MOI, M. Oldworth, de vous présenter M. Dupeley, qui connoît notre sexe par *instinct,* & qui ne se trompe jamais : c'est l'homme du monde le plus pénétrant.....

Sir HARRY.

Il me paroît que nous arrivons au dénouement.

Lady BAB.

Sa sagacité est surprenante, mais elle est l'effet de ses observations ; vous voyez qu'il a voyagé avec fruit.

OLDWORTH.

J'espère qu'il ne les a pas bornées à votre sexe, & qu'il les a étendues aussi à d'autres objets.

LADY BAB, *à Dupeley.*

Quel avantage ! à peine êtes-vous deux heures dans ce château, que tout le monde vous connoît : mais vous gardez le silence ; vous avez l'air d'avoir fait un *va - tout* sur une fausse carte.

DUPELEY, *à part.*

Je ne sais que répondre.

Lady BAB.

Votre présence me fait un tort infini ; Monsieur m'alloit enlever, & m'avoit promis une rente viagère.

OLDWORTH.

En vérité, Lady Bab, vous êtes trop méchante ; vous avez vaincu, soyez plus modeste dans la victoire : allons, **M. Dupeley,** oubliez cet innocent badinage.

DUPELEY, *se jettant aux genoux de Lady Bab.*

Je m'avoue son captif, & lui fais hommage de tous mes succès passés.

LADY BAB, *en riant.*

Convenez que les lauriers que vous avez cueillis n'ont été souvent que des triomphes imaginaires.

DUPELEY.

Je l'avoue à ma honte.

Sir HARRY.

Vous nous avez régalé d'une scène très - amusante, écoutez le récit d'une autre non moins intéressante. —— Les charmes de Maria ont fait une aussi prompte impression sur le cœur de mon oncle, que ceux de Lady Bab sur le cœur de mon ami.

OLDWORTH.

De votre oncle ? Quoi ! vous avez un oncle, & il est ici ?

Sir HARRY.

Pardonnez un mystère d'où dépendoit mon bonheur.

OLDWORTH.

Vous avez grand tort, Sir Harry, de ne l'avoir pas consulté. —— Où est-il ?

Sir HARRY.

Chez ma future : il en raffolle.

Lady BAB.

Elle a donc produit un miracle : on dit qu'il déteste les femmes.

Sir HARRY.

On vous a trompé, Madame, son cœur est aussi sensible que celui de M. Oldworth. ——Mais le voici : il a l'air tout joyeux.

SCENE IX.

Les précédens, M. GROVEBY, *il donne*
le bras à Maria.

Sir HARRY, *accourant vers Maria.*

J'ALLOIS vous chercher, ma belle Maria.....

G R O V E B Y.

Elle est à moi, Monsieur : allez, ma chère nièce,
allez lui apprendre son devoir.

(*Elle quitte le bras de Groveby, & va s'entretenir*
avec Sir Harry dans le fond de la scène.)

O L D W O R T H.

Recevez mes excuses, Monsieur, j'ignorois que
Sir Harry eût un oncle....

G R O V E B Y.

Je ne suis pas surpris, Monsieur, qu'il m'ait ou-
blié ; mais pour n'avoir aucun droit de lui faire des
reproches, je me donnerai un autre héritier.

O L D W O R T H.

Parlez-vous sérieusement Monsieur ?

G R O V E B Y.

Très-sérieusement, Monsieur. — J'ai trouvé une nièce à qui je donne tout mon bien. (*Sir Harry & Maria s'approchent , Groveby prend la main de Maria.*) Vous avez beau me regarder , Monsieur, elle aura jusqu'au plus petit arpent de ma terre de *Gloomstock.*

Sir H A R R Y.

Ah ! mon oncle ! vous m'avez toujours témoigné la tendresse d'un père , mais c'est dans ce moment que vous m'en donnez la plus grande preuve.

G R O V E B Y.

Si j'étois votre père , je me conduirois bien différemment aujourd'hui.

Sir H A R R Y.

Que peut-on faire davantage !

G R O V E B Y.

En faveur de ce mariage , je vous aurois abandonné mon bien , à la charge de m'entretenir auprès de vous.

L A D Y B A B, *à part.*

Sa singularité m'amuse.

Sir H A R R Y.

Nous serons trop heureux de vivre avec un si bon oncle.

G R O V E B Y.

Je pense, M. Oldworth, que nous n'avons pas besoin d'autre cérémonie pour nous lier ensemble; je reste à votre fête champêtre, mais je voudrois me rendre digne d'y figurer, & ce ne peut pas être dans ce singulier équipage.

O L D W O R T H.

Soyez tranquille, j'ai eu soin d'avoir des habits de toute espèce.

G R O V E B Y, *en regardant Lady Bab.*

L'air gracieux de Madame me fait espérer qu'elle voudra bien m'en choisir un qui me convienne.

L A D Y B A B.

De tout mon cœur, Monsieur.

O L D W O R T H.

Allons, mes amis, il est temps de songer à la cérémonie. Qui est-ce qui donnera la main à la mariée?

G R O V E B Y.

Ce sera moi: — venez, ma chère nièce, l'oncle doit l'emporter sur le tuteur.

D U P E L E Y, *en présentant la main à Lady Bab.*

Puis-je espérer, Madame, que vous accepterez la mienne?

LADY BAB.

Pourquoi pas? Nous parlerons, chemin faisant, de la *rente viagère.*

DUPELEY, *à demi-bas.*

Si vous voulez, nous la convertirons en un contrat de mariage.

(Ils sortent.)

Fin du troisième Acte.

ACTE

ACTE IV.

Le Théatre représente un Bocage.

SCENE PREMIERE.

H U R R Y, *avec un air affairé, & suivi d'une Servante.*

PAR-ICI, ma fille. Prenez ce panier, & courez vîte à l'église, sinon on vous renverra, & vous ne serez pas mariée cette année. Recommandez à vos compagnes de jeter les fleurs en mesure avec la musique, & dites à Molly Dump - Dimple de quitter cet air triste, qui n'est bon qu'aux enterremens. (*La Servante sort.*) Quel jour heureux! En vérité, je sauterois volontiers hors de ma peau pour y rentrer l'instant après, tant je suis content. — Écoutes, — écoutes, Robin.

SCENE II.
HURRY, ROBIN.

ROBIN.

QUE vous plaît - il, notre maître ?

HURRY.

Que sert-il de me le demander, si vous courez toujours, & si vous ne faites nulle attention à mes ordres ?

ROBIN.

Je suis votre exemple, notre maître.

HURRY.

Va vîte ordonner qu'on sonne toutes les cloches. — Écoutes, — qu'on fasse tant de cris de joie que les cloches en soient assourdies. (*Robin sort.*) A présent, que ferai-je ? — Oh! il faut que je me rende aux tentes. (*Il fait quelques pas.*) Non, non; il faut auparavant passer à l'orangerie, & avertir les musiciens. ... (*Il fait quelques pas, & revient.*) Mais cette besogne est faite. ... je dois veiller à ce que les gens. .... bon, j'ai déja donné ces ordres; — j'avertirai les Servantes .... Je ne puis pas leur parler dans ce moment d'enthousiasme.... j'oublierois ma dignité. — Ah! Seigneur dieu! j'ai tant de choses dans la tête, & je ne songe qu'au plaisir que me donne ce mariage.

(Il sort en chantant & en dansant.)

SCENE III.

Le Théatre représente des Arcades ornées de fleurs. On voit arriver la Noce au son des instrumens & au bruit des cloches; on entend de loin des cris de joie.

ARIETTE *chantée par une* FEMME *de la noce.*

« Zéphyrs ! enfans du printemps , portez sur
» vos aîles légères les accens de nos voix : c'est
» l'hymen de Maria que nous chantons.

CHŒUR *composé par des* FEMMES.

» Portez-en la nouvelle dans la plaine ; rassem-
» blez tous les Bergers & Bergères d'alentours,
» qu'ils accourent parés de fleurs, qu'ils en forment
» des guirlandes pour embellir ce séjour, nous y
» célébrons l'hymen de Maria.

ARIETTE *chantée par un* HOMME *de la suite.*

» Loin d'ici soupçons jaloux ; fuyez , chagrins ,
» soucis, & tous les fléaux de la vie. Loin d'ici
» vices cachés, arts trompeurs, qui empoisonnez
» tous les plaisirs , laissez-nous célébrer l'hymen de
» Maria.

CHŒUR *des* HOMMES.

» L'amour paisible se plaît à embellir ce séjour
» une joie douce & pure se mêle à nos danses & à
» nos chansons. *L'abondance* préside à la fête, *les*
» *plaisirs y* versent du vin, la *sincérité* allume le
» flambeau de *l'hymen*, & la *paix* le couronne de
» fleurs.

Une FEMME.

» La *santé* au visage vermeil donne le signal de
» la fête ; elle fixe ici sa demeure : les plaisirs qu'elle
» nous offre prolongent la vie, & donnent un
» lustre à la beauté.

CHŒUR.

» Portez la nouvelle dans la plaine, &c.

OLDWORTH.

Ah ! mes chers amis ! mes voisins ! jugez de mes
transports par les vôtres. — Mais retirez - vous un
instant. (*Les gens de la noce se retirent, & Oldworth*
se promène a'un air agité.) Ah ! mon cœur ! mon
cœur ! quel moment ! —Je n'y tiens plus, si je me
tais, j'y succomberai....

MARIA.

Qu'avez - vous ? quel sujet vous agite ? .....

OLDWORTH.

C'est vous, mon enfant.....

MARIA.

Moi?....

OLDWORTH.

Oui , vous. — Le ciel m'a favorisé.... avouons ces bienfaits. — J'ai vu triompher le mérite, j'ai vu l'intérêt céder à l'amour.... mes projets sont remplis.... & je puis, sans crainte, convenir...... que j'ai.... un enfant....

MARIA.

Qu'entends-je!....

OLDWORTH, *à Maria.*

Viens dans les bras de ton père.

MARIA.

Ah! ciel!

OLDWORTH, *en l'embrassant.*

Je suis fier de t'avoir pour fille....

MARIA, *en l'embrassant.*

Mon père!... mon digne & tendre ami!... mon ame suffit à peine à tant de félicité!...

GROVEBY, *en s'essuyant les yeux.*

Je la partage bien sincèrement....

OLDWORTH.

L'heure de votre naissance fut celle de mon veuvage, & vous fit l'héritière d'un bien immense: je

E 3

craignis pour vous les dangers attachés à l'éclat de la fortune & de la naissance, & ne voulant pas vous livrer dès le berceau à la basse flatterie, je vous fis élever comme ma pupille ; j'étois absent lorsque cet événement eut lieu, & cette circonstance facilitera mon projet.

MARIA.

Comment ai-je pu méconnoître la tendresse d'un père !

OLDWORTH, *à Sir Harry.*

Pardonnez un mystère qui a fait votre bonheur & le mien ; je vous donne ma fille comme le prix de l'amour vertueux : recevez avec sa main l'entière possession de la terre des *Chênes.*

SIR HARRY.

Ah ! Monsieur, puissiez-vous l'habiter long-temps ! permettez que j'y apprenne à marcher sur vos traces.

DUPELEY.

Le désintéressement de Sir Harry le rend plus digne encore de la *Nymphe des Chênes.*

Lady BAB.

Vous nous aviez annoncé une fête singulière mais vous avez surpassé notre attente.

GROVEBY.

Comment morbleu ! j'en suis auſſi affecté qu'à une Tragédie.

OLDWORTH.

Je vous ai fait un larcin, mon ami.... je vous ai enlevé le plaisir de l'enrichir.

GROVEBY.

Vous me forcez de changer mon testament ; j'eusse eté plus satisfait d'avoir votre fille sans fortune : mais puisqu'il en est autrement, il faut s'en consoler.

SCENE IV.

Les précédens, HURRY.

HURRY.

Monsieur, Monsieur, voilà tous les gens de qualité en habits galants : —— vous n'avez rien vu de pareil ; on croit voir autant de Turcs & de Prussiens. —— Regardez avec quelle aisance ils traversent le bocage, je n'ai jamais rien vu d'auſſi beau, d'aussi grand, ni d'aussi singulier. —— Seigneur dieu ! je m'étonne qu'on veuille encore porter des frocs & des habits, quand on peut se vêtir comme cela ! —— Voici vraiment une fête champêtre.

E 4

G R O V E B Y, *à Sir Harry.*

Allons, allons, mon neveu, équipons - nous comme les autres.

Sir H A R R Y

Je vous suis. — Adieu, ma chère Maria, — je reviendrai bientôt.   (*Ils sortent.*)

O L D W O R T H.

Mon cœur est maintenant à son aise : venez, Maria, que nos amis lisent notre bonheur dans nos regards. (*A Lady Bab & Dupeley.*) Voulez - vous nous aider à recevoir la compagnie ?

Lady B A B.

Volontiers. (*Oldworth & Maria se retirent, Lady Bab apperçoit une femme vêtue en Diane.*) Ah ! ciel ! . . .

D U P E L E Y.

Qu'avez-vous ? . . . .

Lady B A B.

Je vois là-bas la plus hideuse de toutes les apparitions ; c'est une cousine campagnarde dont l'aspect me donne des vapeurs. — Comment l'éviter ?

D U P E L E Y.

Où est-elle ?

Lady B A B.

Regardez là - bas cette Diane : son croissant

pourroit orner une mosquée : elle parle avec Maria.

D u p e l e y , en prenant sa lorgnette.

Je la vois : *toute sa démarche annonce la Déesse.*

Lady B a b.

La voici ; elle va m'étouffer de caresses.

SCENE V.

Les précédens, A C T E A , *suivie de* Chasseurs.

A c t e a.

A H ! ma chère cousine ! c'est moi qui préside à
la troupe des Chasseurs , je viens à vous pour que
vous m'aidiez à répéter ma chanson avant de la
chanter en public.

Lady B a b.

Commencez, ma chère amie. (*A part à Du-*
peley.) Nous nous enfuierons pendant l'ariette.

A R I E T T E.

(*Pendant qu'Actea chante, Lady Bab & Dupeley*
se retirent en faisant des éclats de rire.)

« Réveillez - vous, l'aurore vous invite à parcou-
» rir les foréts, le cor sonne, le cerf lève la téte

» & s'élance au travers des buissons ; préparez-vous
» pour la chasse, suivez les pas de Diane ; accou-
» rez ! accourez ! tout vous invite à parcourir les
» forêts.

(Le fond de la scène s'ouvre, & représente le Jardin élégamment illuminé (1). Adéa & sa troupe se joignent au reste de la compagnie ; plusieurs quadrilles dansent , tandis que d'autres personnes se promènent.)

OLDWORTH.

Les plaisirs vous font oublier le danger de l'air de la nuit ; venez, Mesdames, j'ai préparé un salon plus convenable.

---

(1) On a conservé sur le théatre de Londres la décoration qui ornoit le portique du jardin de Lord Stanley, aujourd'hui Lord Derby , lorsqu'il donna sa fête au château des *Chénes.*

SCENE VI.

Les précédens, HURRY.

HURRY.

MESSIEURS, Mesdames, & toute la compagnie, on vous attend dans le temple de Vénus pour..... oh ! je ne veux pas vous dire pourquoi ; — la surprise en sera plus agréable. — Mais ce n'est pas tout : — allez, courez bien vîte, ou vous n'aurez pas de place.

(Tout le monde se retire.)

HURRY, *seul.*

Je ne connois plus ma tête, elle me paroît aussi illuminée que le sallon. — Je n'ai cependant bu que deux verres de *punch*, une outeille de vin pour me réchauffer, une pinte de cidre pour me rafraîchir, & quelques verres de liqueurs pour tranquilliser mon cerveau. — J'ai envie de me reposer un moment ici..... bon : que deviendra la fête ? — On m'a confié un grand emploi, il faut le remplir avec honneur. — Ayons les yeux ouverts, la tête fraîche & les mains nettes. — Si tous mes compatriotes en eussent fait autant à l'élection générale du Parlement , l'Angleterre s'en trouveroit beaucoup mieux (1).

---

(1) L'élection des nouveaux membres du Parlement , en 1774 , essuya les plus grandes difficultés par les brigues & les cabales , dont plusieurs personnes firent usage pour entrer dans ce corps auguste. Le Général Smith, de retour des Indes , où il s'étoit rapidement enrichi , se servit de ses trésors , de concert avec un autre parvenu , pour corrompre les Electeurs : ils furent censurés par un comité nommé à cet effet, condamnés à quelques mois de prison, & déclarés incapables de représenter jamais la nation. Cette sévérité n'empêcha point que d'autres plus habiles , ou peut-être plus heureux , ne réussissent par des voies non moins illicites : cependant l'attention qu'on y porte assure , pour l'ordinaire , la liberté des Sujets britanniques.

Fin du quatrième Acte.

ACTE V.

Le Théatre représente un grand Sallon (1) *où est rassemblée une partie de la compagnie.*

SCENE PREMIERE.

(On danse un menuet, après lequel paroît une Bergère qui prend le bras d'un Berger qu'elle force d'entrer dans le sallon.)

DUETTO.

La Bergere.

« Pourquoi, mon cher Simon s'étonne-t-il
» à la vue des grands Seigneurs ? S'ils sont plus
» beaux que nous, nous savons mieux aimer, &
» notre amour fait notre richesse.

---

(1) On le représente sur la scène tel qu'il avoit été construit chez Lord Stanley, d'après le dessein du fameux Architecte M. Adams.

Le Berger.

» Phabé , apprends ton devoir ; nous sommes
» trop pauvres pour aspirer à leur plaire : vois
» combien le faste orne la beauté : ne desires-tu pas
» d'être comme eux ?

La Bergere.

» L'éclat n'est qu'un prestige , il est l'emblême
» de leurs cœurs.

Le Berger.

» Leurs regards sont si gracieux ! comment ne
» pas les regarder !

La Bergere.

» Arrêtes , Simon , tiens-toi dans les bornes du
» respect.

Le Berger.

» L'honnête franchise ne peut jamais déplaire.

Ensemble.

Simon.   » La richesse relève l'éclat de la
» beauté.

Bergere.   » La richesse n'ajoute rien aux charmes
» de la nature.

Simon.   » Qui ne voudroit leur ressembler ! qui
» ne voudroit partager leur bon-
» heur !

(*La Folie & sa suite paroissent dans le fond du*
Théatre , au son d'une symphonie brillante.)

ARRIETE chantée par la FOLIE.

» Place pour la Folie ! chacun de vous me con-
» noît ; présente à toutes vos fêtes, j'y conduis la
» joie & les plaisirs.

Second couplet.

» Je préside à la Cour, au Parlement & à la
» Ville; le citoyen, le villageois, le courtisan, le
» patriote m'accueillent avec transport: sans la Fo-
» lie, tout n'est que peine dans la vie.

Troisième couplet.

» Le Ministre d'Etat, la beauté farouche, le
» grave Magistrat, le Médecin habile, ont besoin
» de mon secours; le Théatre, l'Auteur, le Comé-
» dien & le Parterre briguent ma faveur : sans la
» Folie tout n'est que peine dans la vie.

*(On entend une symphonie douce, les Acteurs se
rangent de chaque côté de la scène, le fond
du Théatre s'ouvre, & l'on voit la compagnie
à table.)*

Un DRUIDE.

Récitatif accompagné.

» Retires-toi, Folie, ta présence profane ces
» lieux; la beauté qu'on y célèbre a rompu le
» charme qui me captivoit sous ces chênes orgueil-

» leux, tout pouvoir doit céder à celui de la beauté.
» —— Soyez témoins de la récompense qu'offre la
» vertu aux mortels qui l'encensent.

*(Il fait un mouvement de baguette, la scène
disparoît, & représente le Temple de l'Amour.)*

Le D R U I D E, *en donnant une couronne
à Maria.*

» Ce Temple vous appartient, ces heureux ha-
» bitans vous rendent hommage : regnez-y à jamais
» sans crainte de rivalité.

M A R I A.

Rien n'égale ma joie !

O L D W O R T H.

Puisse-t-elle être toujours la même ! —— Allons,
mes amis, renonçons aux charmes de la magie, &
occupons-nous des plaisirs plus réels.

G R O V E B Y.

Je suis fort content de ceux-ci ; l'ami Druide
m'amuse infiniment ; tout ce qui me rappelle nos
mœurs antiques me plaît ; je sais que la mode en
est passée, mais chacun a son goût. —— J'aime les
vieux chênes, ils me rappellent la gloire dont l'Angleterre a joui autrefois. M. le Druide, mettez cette
pensée en musique.

O L D W O R T H.

OLDWORTH.

Vous serez obéi, mon *frère*.

(Le Druide fait un signe de sa baguette, &
l'orchestre joue l'Ariette suivante.

ARIETTE *chantée par deux Voix.*

« Que la gloire d'Albion soit éternelle ! qu'Al-
» bion règne à jamais sur le vaste océan !

CHŒUR.

» Que la gloire d'Albion , &c.

DUPELEY, *à Lady Bab.*

Vous êtes bien sérieuse, Madame ; l'exemple
vous auroit-il converti? Je serois trop heureux de
marcher sur vos traces.

Lady BAB.

Je n'ai pas besoin d'exemple, Monsieur; ma raison a toujours condamné les vices du siècle, mais
je n'ai jamais eu le temps de suivre ses conseils ; j'en
rougis, & ne veux vivre que pour elle.....

GROVEBY.

Vous ne fûtes jamais plus digne d'éloges.

Lady BAB, *à Maria.*

Vos vertus m'enchantent; aimons-nous, c'est le
moyen de ne plus errer. —— Vous aviez défendu,

M. Oldworth, qu'on se présentât chez vous sous le masque ; vous ne vous êtes donc pas apperçu que j'en avois un ?

OLDWORTH.

Il ne vous manquoit que le courage de vous montrer à découvert, pour être le modèle de votre sexe & de notre siècle.

DUPELEY.

Je sens combien les erreurs de la jeunesse nous rendent coupables ; les charmes & l'esprit de Lady Bab ont dissipé le nuage qui m'aveugloit ; si son cœur étoit d'accord avec le mien, un autre hymen rendroit plus mémorable encore la fête *des Chênes.*

Lady BAB.

Vous me faites trop d'honneur, Monsieur ; mais après avoir marché dans le même sentier l'un & l'autre, je crois que six mois d'épreuves nous sont fort nécessaires.

OLDWORTH.

Rappellez - vous, Madame, que ma fête champêtre sert de garant à votre promesse. — Allons : que la danse & le chant terminent ce beau jour.

VAUDEVILLE.

Un BERGER.

« Gens de la Ville & de la Cour, dont la pré-

» sence porte la joie dans nos champs, vos jeux
» innocens nous font oublier nos travaux.

C H Œ U R.

» Gens de la Ville & de la Cour, &c.

Un B E R G E R.

» Nous n'encensons point la fortune, nous avons
» brisé ses autels : nous ne sacrifions qu'à la santé,
» à l'amour & aux dons de la nature.

C H Œ U R.

» Nous n'encensons point la fortune, &c.

Une B E R G E R E.

» Nous quittons la plaine & les bois pour accou-
» rir en ces lieux; nous ne voulons qu'un sourire
» de bonté qui encourage nos travaux.

C H Œ U R.

» Nous quittons la plaine, &c.

Un B E R G E R.

» Nous ne suivons que les loix de la vérité,
» c'est elle qui fait notre bonheur, la raison pré-
» side aux plaisirs de notre jeunesse, & rend heu-
» reux nos vieillards.

C H Œ U R.

» Nous ne suivons que, &c.

Une B E R G E R E.

» Apportez les myrthes & les roses, faites re-

›› tentir les échos du son de vos chalumeaux, pro-
›› longez vos chansons, que leur harmonie pénètre
›› jusques dans l'étoile de Vénus.

CHŒUR.

›› Apportez les myrthes & les roses, &c.

Une BERGERE.

›› O ! Venus ! sois nous propice : puissent tous
›› les Bergers qui t'invoquent ressembler à l'époux
›› de la *Nymphe des Chénes !*

CHŒUR.

›› O ! Vénus ! &c.

Le DRUIDE.

Cessez vos chants, — recevez la divine influence
de la magie : « puisse-t-elle faire germer ici l'amour
›› vertueux ! c'est lui qui change l'humble chau-
›› mière en un palais superbe, c'est lui seul qui vous
›› rend heureux.

La Pièce finit par un Ballet général.